coleção fábula

A CRUZADA DAS CRIANÇAS

Marcel Schwob

Prólogo
Jorge Luis Borges

Ilustrações
Fidel Sclavo

Tradução
Milton Hatoum

editora 34

7
Prólogo
Jorge Luis Borges

13
A CRUZADA DAS CRIANÇAS

15
Relato do goliardo

21
Relato do leproso

27
Relato do papa Inocêncio III

35
Relato de três criancinhas

41
Relato de François Longuejoue, escrevente

45
Relato do calândar

51
Relato da pequena Allys

55
Relato do papa Gregório IX

PRÓLOGO

Jorge Luis Borges
Buenos Aires, 1949

Se um viajante oriental — digamos, um dos persas de Montesquieu — nos pedisse uma prova do gênio literário da França, não seria inevitável recorrer às obras de Montesquieu ou aos setenta e tantos volumes de Voltaire. Bastaria que repetíssemos alguma palavra feliz (*arc-en-ciel*, que constrói um arco no céu) ou o formidável título da história da Primeira Cruzada: *Gesta Dei per Francos*, que significa *Façanhas de Deus executadas pelos franceses*. *Gesta Dei per Francos*; não menos assombrosas que estas palavras foram essas façanhas. Em vão os perplexos historiadores tentaram explicações de tipo racional, de tipo social, de tipo econômico, de tipo étnico; o fato é que, durante dois séculos, a paixão por resgatar o Santo Sepulcro dominou as nações do Ocidente, maravilhadas talvez por essa mesma razão. No fim do século XI, a voz de um ermitão de Amiens — homem de estatura mesquinha, de ar insignificante (*persona contemptibilis*) e de olhos singularmente vivos — impulsiona a Primeira Cruzada; as cimitarras e as máquinas de Khalil, no fim do século XIII, selam em São João de Acre a oitava. A Europa não empreende outra; a longa e misteriosa paixão, que provocou tanta desnecessária crueldade e que Voltaire condenaria, chegou a seu fim; a Europa desvia sua atenção do sepulcro de Cristo.

As Cruzadas não fracassaram, diz Ernest Barker, simplesmente cessaram. Do frenesi que congregou exércitos tão vastos e planejou tantas invasões, só restaram umas poucas imagens, que se refletiriam, séculos depois, nos tristes e límpidos espelhos da *Gerusalemme*: altos ginetes revestidos de ferro, noites povoadas de leões, terras de feitiçaria e de solidão. Mais dolorosa é outra imagem, de incontáveis crianças perdidas.

No início do século XIII, partiram da Alemanha e da França duas expedições de crianças. Pensavam que podiam atravessar os mares com os pés enxutos. Não estavam autorizadas e protegidas pelas palavras do Evangelho: deixai vir a mim as crianças e não as embaraceis (Lucas 18:16), e não havia declarado o Senhor que basta a fé para mover uma montanha (Mateus 17:20)? Esperançosos, ignorantes, felizes, encaminharam-se aos portos do Sul. O milagre previsto não aconteceu. Deus permitiu que a coluna francesa fosse sequestrada por traficantes de escravos e vendida no Egito; a alemã se perdeu e desapareceu, devorada por uma bárbara geografia e (conjetura-se) por pestilências. *Quo devenirent ignoratur*. Dizem que um eco perdurou na tradição do Gaiteiro de Hamelin.

Em certos livros do Indostão, lê-se que o universo não é outra coisa senão o sonho imóvel da divindade indivisa em cada homem; no fim do século XIX, Marcel Schwob — criador, ator e espectador deste sonho — trata de sonhar de novo o que havia sonhado há muitos séculos, em solidões africanas e asiáticas: a história das crianças que desejam resgatar o sepulcro. Tenho certeza de que não consultou a ansiosa arqueologia de Flaubert; preferiu saturar-se de velhas páginas de Jacques de Vitry ou de Ernoul e entregar-se depois aos exercícios de imaginar e de eleger. Assim, sonhou ser o papa, ser o goliardo, ser as três crianças, ser o escrevente. Aplicou à tarefa o método analítico de Robert Browning, cujo longo poema narrativo *The Ring and the Book* (1868) nos revela, através de doze monólogos, a intricada história de um crime, do ponto de vista do assassino, de sua vítima, das testemunhas, do advogado de defesa, do promotor, do juiz e do próprio Robert Browning... Lalou (*Littérature française contemporaine*, página 282) ponderou a "sóbria precisão" com que Schwob relatou a "ingênua lenda"; eu acrescentaria que essa precisão não a faz menos lendária e menos patética. Gibbon por acaso não observou que o patético costuma surgir das circunstâncias pequenas?

Circa idem tempus pueri sine rectore sine duce de universis omnium regionum villis et civitatibus versus transmarinas partes avidis gressibus cucurrerunt, et dum quaereretur ab ipsis quo currerent, responderunt: Versus Jherusalem, quaerere terram sanctam... Adhuc quo devenerint ignoratur. Sed plurimi redierunt, a quibus dum quaereretur causa cursus, dixerunt se nescire. Nudae etiam mulieres circa idem tempus nihil loquentes per villas et civitates cucurrerunt...

Por volta daquela mesma época, meninos sem guia, sem líder, a partir de cada vila e cidade de todas as localidades, correram a passos frenéticos para regiões de além-mar. E, se se procurava saber deles próprios para onde corriam, eles respondiam: Para Jerusalém, procurar a Terra Santa... Até agora não se sabe para onde teriam se dirigido. Mas muitos voltaram e, conquanto se buscasse saber desses a causa do deslocamento, disseram não saber. Também, por essa mesma época, mulheres nuas, sem nada dizer, correram por vilas e cidades...

A CRUZADA DAS CRIANÇAS

RELATO DO GOLIARDO

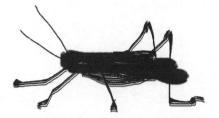

Eu, pobre e miserável goliardo, religioso que vago pelos bosques e estradas para mendigar em nome de Nosso Senhor o pão de cada dia, presenciei uma cena piedosa e ouvi as palavras das criancinhas. Sei que minha vida não é muito santa, e me deixei cair em tentação sob as tílias do caminho. Os irmãos que me oferecem vinho sabem que sou pouco acostumado a beber. Mas não pertenço à seita dos que mutilam. Há pessoas cruéis que furam os olhos das crianças, cortam-lhes as pernas e atam-lhes as mãos para que fiquem expostas à vista de todos, para assim implorar caridade. É por isso que, ao ver todas aquelas crianças, tive medo. Mas é provável que Nosso Senhor as proteja. Falo por falar, pois minha alegria é plena. A primavera e tudo o que presenciei me fazem sorrir. Meu espírito não é muito forte. Aos dez anos recebi a tonsura e esqueci as sentenças latinas. Sou parecido com o gafanhoto, saltando de um lado para outro, zumbindo; às vezes abro as asas coloridas, e minha cabeça minúscula é transparente e oca. Dizem que São João se alimentava de gafanhotos no deserto. Seria preciso comer muitos. Mas São João não foi concebido como os outros homens.

Tenho grande devoção a São João, porque levava uma vida errante e pronunciava palavras desconexas. Creio que essas palavras deveriam ser mais ternas. A primavera este ano também é terna. Nunca houve tantas flores brancas e róseas. Os campos amanheceram úmidos. Por toda parte o sangue de Nosso Senhor reluz nas sebes. Nosso Senhor Jesus Cristo é da cor do lírio, mas seu sangue é encarnado. Por quê? Não sei. A explicação deve constar em algum pergaminho. Se eu fosse letrado, teria um pergaminho para escrever algo sobre isso. Assim comeria muito bem todas as noites. Iria aos conventos rezar pelos irmãos mortos e inscreveria seus nomes no rolo de pergaminho. E andaria com ele de uma abadia a outra. É algo que compraz aos nossos irmãos. Mas ignoro os nomes dos meus irmãos mortos. Talvez Nosso Senhor não se ocupe tanto com seus nomes. Tenho a impressão de que todas aquelas crianças não têm nome. Mas certamente são as preferidas de Nosso Senhor Jesus Cristo. Elas tomavam conta da estrada como um enxame de abelhas brancas.

Desconheço a origem daqueles pequenos peregrinos, que caminhavam segurando um bordão de aveleira e bétula. Levavam a cruz nos ombros, e esses madeiros eram de várias cores; vi alguns verdes, cobertos de folhas entrelaçadas. São crianças selvagens e ignorantes, e caminham a esmo, rumando não sei para onde. Elas têm fé em Jerusalém. Creio que Jerusalém está longe, e Nosso Senhor deve estar mais perto de nós. As criancinhas não chegarão a Jerusalém, mas esta virá ao seu encontro. Ao meu também. A finalidade de todas as coisas sagradas reside na alegria. Nosso Senhor está aqui, neste espinho avermelhado, e na minha boca e na minha pobre palavra. Pois penso nele, e seu sepulcro está no meu pensamento. Amém. Vou deitar-me aqui, ao sol. É um lugar sagrado. Os pés de Nosso Senhor santificaram todos os lugares. Vou dormir. Que Jesus proteja durante a noite o sono daquelas criancinhas brancas que carregam a cruz. Em verdade, eu Lhe digo isto, pois talvez Ele não as tenha visto. Ele, que deve velar pelas criancinhas. Estou com muito sono. Sinto no corpo o calor ardente do meio-dia. Tudo ao meu redor torna-se branco. Assim seja. Amém.

RELATO
DO
LEPROSO

Para entender o que vou lhe dizer, saiba que minha cabeça é coberta por um capuz branco e que empunho uma matraca de madeira dura. Já não sei o rosto que tenho, e temo minhas mãos. Elas se precipitam diante de mim como animais escamosos e lívidos. Tenho vontade de decepá-las e me envergonho do que elas tocam. Parece-me que elas fazem esmaecer as frutas vermelhas que colho, e as raízes que arranco da terra parecem murchar ao seu contato. *Domine ceterorum, libera me!*[1] O Salvador não expiou meu pecado exangue. Estou condenado ao esquecimento até o dia da ressurreição. Como o sapo incrustado numa pedra escura e exposto ao frio da lua, permanecerei encerrado na minha carapaça medonha quando os outros corpos cheios de vida se levantarem. *Domine ceterorum, fac me liberum: leprosus sum.*[2] Sou uma pessoa solitária, tomada pelo horror. Só os meus dentes mantiveram sua brancura natural. Os animais se assustam ao me ver, e minha alma gostaria de se evadir. O dia se afasta de mim. Há mais de doze séculos o Salvador os redimiu, e não teve piedade de mim. Eu, que não fui vítima da lança cruel que o perfurou. Talvez o sangue que o Senhor ofereceu aos outros me tivesse curado. Penso com frequência

---

[1] "Ó Senhor de todas as coisas, libertai-me!" [N.E.]
[2] "Ó Senhor de todas as coisas, fazei-me livre: sou leproso." [N.E.]

no sangue: seria capaz de morder com meus dentes, que são puros. Já que Ele me recusou seu sangue, tenho ganas de tomar o que Lhe pertence. Por isso fiquei de olho nas crianças que desciam do país de Vendôme para esta floresta do Loire, carregando uma cruz e submissas a Ele. Seus corpos eram Seu corpo, e Ele não me fez parte de Seu corpo. Uma danação atroz tomou conta de mim. Fiquei à espreita para sugar um pouco de sangue inocente do pescoço de uma de Suas crianças. *Et caro nova fiet in die irae.*[3] No dia do Juízo Final, minha carne será pura. E atrás dos outros caminhava uma criança sadia com cabelos vermelhos. Fixei-me nela, dei um salto súbito e peguei sua boca com minhas mãos horrendas. Ela só usava uma camisa rústica; seus pés estavam nus e seus olhos permaneceram plácidos. Observou-me sem espanto. Então, sabendo que não gritaria, tive vontade de ouvir uma voz humana e tirei as mãos de sua boca, que ela não enxugou. E seus olhos pareciam alhures.

— Quem és? — disse.
— Johannes, o Teutônico — respondeu com uma voz límpida e saudável.
— Para onde vais? — disse.

---

3 "E carne nova se fará no dia da ira."[N.E.]

— A Jerusalém, para conquistar a Terra Santa — respondeu. Então comecei a rir, e perguntei:
— Onde fica Jerusalém?
— Não sei — respondeu.
— O que é Jerusalém?
— É Nosso Senhor.
Comecei a rir novamente e perguntei:
— O que é teu Senhor?
— Não sei, ele é branco — disse.
Essa palavra me deixou furioso e, arreganhando os dentes sob o capuz, debrucei-me sobre o pescoço tenro da criança, que permaneceu quieta.
— Por que não tens medo de mim? — perguntei.
— Por que teria medo de ti, homem branco? — disse.
Então comecei a chorar copiosamente, e me estendi no chão, e beijei a terra com meus lábios terríveis, e gritei:
— Porque sou leproso!
A criança me contemplou e disse claramente:
— Não sei.

Não teve medo de mim! Não teve medo de mim! Meu corpo branco e monstruoso é para esta criança parecido com o de seu Senhor. Peguei um punhado de relva e enxuguei-lhe a boca e as mãos, e disse:

— Vá em paz, em busca do Senhor branco, e diga--lhe que me esqueceu.

E a criança me olhou sem falar nada. Levei-a para fora da escuridão desta floresta. Ela andava sem tremer. Vi seus cabelos vermelhos desaparecerem ao longe, clareados pelo sol. *Domine infantium, libera me!*[4] Que os estalidos sonoros da minha matraca cheguem aos seus ouvidos, como o som puro dos sinos! Senhor dos que nada sabem, liberte-me!

---

[4] "Ó Senhor das crianças, libertai-me!" [N.E.]

RELATO
DO
PAPA
INOCÊNCIO III

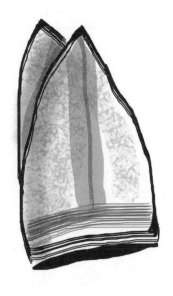

Longe do incenso e das casulas, posso muito bem falar com Deus neste quarto desluzido do meu palácio. Sem ninguém para guiar meus passos, venho aqui meditar a minha velhice. Durante a missa, meu coração se enleva e meu corpo se apruma; a cintilação do vinho sagrado me enche os olhos, e meu pensamento é regado pelos santos óleos; mas, neste lugar solitário de minha Basílica, posso curvar-me perante a fadiga terrestre. *Ecce homo!*[5] Pois, em verdade, o Senhor não deve ouvir a voz de seus oficiantes por meio da pompa dos mandamentos e das bulas. E provavelmente nem o manto de púrpura, nem as joias e as pinturas Lhe satisfazem; mas, nesta pequena cela, Ele talvez tenha piedade do meu balbucio imperfeito. Senhor, sou muito velho, e eis-me aqui vestido de branco, diante de ti; meu nome é Inocêncio, e sabes que nada sei. Perdoa-me por ser o Sumo Pontífice, dignidade que me foi conferida e que aceitei com resignação. Não fui eu quem inventou as honrarias pontifícias. Prefiro ver tua luz através desta janela redonda a vê-la nos magníficos reflexos dos vitrais. Deixa-me gemer como um ancião qualquer e contemplar-te com este rosto pálido e enrugado que afasto com muito esforço das lufadas da noite eterna. Os anéis deslizam nos

---

5 "Eis o homem!" — são as notórias palavras com que Pôncio Pilatos apresenta Jesus prisioneiro à multidão, segundo a narrativa de João 19:5. [N.E.]

meus dedos mirrados, assim como os últimos dias se evadem da minha vida.

Meu Deus! Aqui sou teu vigário, e estendo-te minha mão ressequida, repleta do vinho puro da tua fé. Existem crimes, e alguns são brutais. Podemos dar-lhes a absolvição. Existem heresias, e algumas são ignominiosas. Devemos puni-las impiedosamente. A esta hora em que me ajoelho, pálido, nesta cela pequena, branca e sem brilho, sinto uma angústia imensa, Senhor, sem saber se os crimes e as heresias são da ordem do meu pomposo domínio papal ou do reduzido círculo de luz em que um velho apenas consegue juntar suas mãos. E também me inquieta pensar no teu sepulcro, que continua cercado de infiéis. Não soubemos reconquistá-lo, e ninguém enviou tua cruz para a Terra Santa. Vivemos imersos no torpor. Os cavaleiros depuseram suas armas e os reis não sabem mais comandar. E eu, Senhor, confesso que na minha velhice já não me sobram forças.

Agora, Senhor, escuta o sussurro trêmulo que emana da cela da minha Basílica, e aconselha-me. Meus serviçais trouxeram-me notícias estranhas, do país de Flandres e da Alemanha, como das cidades de Marselha e Gênova, anunciando o surgimento de seitas desconhecidas. Mulheres nuas e mudas foram vistas correndo nas cidades. E essas despudoradas designavam o céu. Nas praças, hordas de loucos pregaram a ruína e a destruição. Os eremitas e religiosos errantes espalham rumores por toda parte. E não sei por qual sortilégio mais de sete mil crianças abandonaram suas casas. São sete mil que caminham na estrada carregando a cruz e o bordão, desarmadas e sem ter o que comer. São ignorantes e nos envergonham, pois desconhecem a verdadeira religião. Ao serem interrogadas pelos serviçais, respondem que vão a Jerusalém para conquistar a Terra Santa. E quando lhes disseram que não vão conseguir atravessar o mar, responderam que o mar se partiria ao meio para deixá-las passar. Os pais, devotos e prudentes, esforçam-se para retê-las em casa. Mas as crianças arrombam a porta durante a noite e atravessam as muralhas. Muitas são filhos de nobres e de cortesãs. Dá muita pena, Senhor, saber que todos esses inocentes serão levados à perdição e aos idólatras de Maomé. Sei que o sultão de Bagdá os observa de seu palácio, e temo que os mercadores os capturem para negociar seus corpos.

Senhor, gostaria de vos falar segundo os preceitos da religião. Essa cruzada das crianças não é obra pia, e não poderá devolver o Santo Sepulcro aos cristãos. Ela aumenta o número de vagabundos que se esquivam da verdadeira fé. Nossos religiosos não podem proteger essas pobres criaturas possuídas pelo Maligno. Elas se dirigem em bando ao precipício, como os porcos na montanha.[6] Senhor, sabeis que o Maligno tem prazer em arrebanhá-las para si. Em outros tempos, ele se dissimulava em caçador de ratos para atrair, com o som de sua flauta, todas as crianças da cidade de Hamelin. Uns dizem que essas infelizes foram asfixiadas nas águas do rio Weser; outros, que ele as aprisionou nas encostas de uma montanha. Que Satã não exponha nossas crianças aos suplícios dos que não praticam a nossa fé. Senhor, sabeis que não é sensato que a crença se renove. Logo que ela surgiu na sarça ardente, encerraste-a num tabernáculo. E, quando ela emanou dos teus lábios no Gólgota, ordenaste que ela fosse encerrada nos cibórios e ostensórios. Esses pequenos profetas vão abalar o edifício de Vossa Igreja. É preciso impedir que façam isso. Por que acolher, Senhor, os que não sabem o que fazem, desprezando os devotos que para vos

---

[6] Chegando ao país dos gadarenos ou gerasenos, Jesus liberta um possuído (ou dois, segundo a versão) dos muitos espíritos malignos de que estava tomado, transferindo-os para uma manada de porcos que pastavam ao lado; enlouquecidos por essa "legião" de demônios, os porcos arrojam-se de um precipício e morrem afogados nas água mais abaixo; o episódio é narrado em Marcos 5:1-20, Mateus 8:28-34 e Lucas 8:26-39. [N.E.]

servir usaram alvas e estolas, e para permanecer ao vosso lado resistiram tenazmente às tentações? Deixemos que venham a vós os pequeninos, sem que abandonem o caminho da fé. Senhor, falo segundo vossos preceitos. Essas crianças vão perecer. Não deixai que haja sob Inocêncio um novo massacre dos Inocentes.

Perdoa-me agora, meu Deus, por ter Te pedido conselho sob a tiara pontifícia. O tremor da velhice invade meu corpo. Olha minhas pobres mãos. Sou um homem muito velho. Minha fé não é mais a dos pequeninos. O ouro das paredes desta cela está desgastado pelo tempo. São paredes brancas, como branca é a tua luz. Minha veste também é branca e meu coração murcho é puro. Tudo o que eu disse segue os teus preceitos. Existem crimes, e alguns são brutais. Existem heresias, e algumas são ignominiosas. Minha cabeça oscila de tanta fraqueza: talvez não devamos punir nem absolver. A vida que passou torna hesitante nossas resoluções. Nunca presenciei um milagre. Me ilumina, Senhor. O que eu vi é um milagre? O que lhes foi anunciado por ti? Que os tempos da salvação chegaram? Queres que no corpo de um ancião como eu transpareça a brancura saudável das tuas criancinhas?

Sete mil! E embora desconheçam a verdadeira fé, punirás a ignorância de sete mil inocentes? Eu também sou Inocente. Sou inocente como eles, Senhor. Não me castigue na minha velhice extrema. Os longos anos de vida me ensinaram que esse rebanho de crianças não tem como triunfar. No entanto, Senhor, trata-se de um milagre? Minha cela permanece em paz, como em outras meditações. Sei que não é preciso Te implorar para que te manifestes; mas, como um Sumo Pontífice já idoso, eu Te suplico. Orienta-me, pois não sei o que fazer. Senhor, essas crianças são teus pequenos inocentes. E eu, Inocêncio, não sei, não sei.

RELATO
DE
TRÊS
CRIANCINHAS

Nós três, Nicolas (que não sabe falar), Alain e Denis, tomamos o rumo das estradas que vão a Jerusalém. Caminhamos há muito tempo. Durante a noite, fomos acordados por vozes brancas que se dirigiam a todas as criancinhas. Eram vozes semelhantes às dos pássaros mortos durante o inverno. Vimos primeiro muitos pássaros moribundos estendidos na terra gelada e passarinhos com o peito vermelho. E depois vimos as primeiras flores e folhas com as quais tecemos algumas cruzes. Cantamos à entrada das aldeias, como costumávamos fazer no ano-novo. E todas as crianças vinham em nossa direção. E então começamos a caminhar em bando. Havia homens que nos maldiziam, sem conhecer o Senhor. Havia mulheres que nos retinham pelos braços, interrogavam-nos e cobriam nossos rostos de beijos. E também as boas almas que nos trouxeram gamelas de madeira, leite morno e frutas. E todo mundo tinha piedade de nós. Pois não sabem para onde vamos e não ouviram as vozes.

Na terra há florestas densas, e rios, e montanhas, e caminhos cheios de espinhos. E no fim da terra encontra-se o mar que logo atravessaremos. E no fim do mar, Jerusalém. Não temos governantes nem guias. Mas, para nós, todas as estradas são boas. Mesmo sem saber falar, Nicolas anda como nós, Alain e Denis, e todas as regiões se assemelham e são igualmente perigosas para as crianças. Por toda parte há florestas densas, e rios, e montanhas, e espinhos. Mas em todos os lugares as vozes estarão conosco. Aqui, há um menino que se chama Eustace, e que nasceu com os olhos fechados. Ele mantém os braços estendidos e sorri. Não enxergamos mais que esse menino. Uma menina acompanha-o e carrega sua cruz. Ela se chama Allys. Nunca fala nem chora, e mantém os olhos fixos nos pés de Eustace a fim de ampará-lo caso ele tropece. Gostamos de ambos. Eustace não poderá enxergar as luzes sagradas do sepulcro. Mas Allys vai segurar-lhe as mãos para que ele possa tocar as pedras do túmulo.

Ah! como são belas as coisas da terra! Não nos lembramos de nada, porque nunca aprendemos nada. Vimos, entretanto, árvores velhas e rochas vermelhas. Algumas vezes atravessamos extensas regiões de trevas. Outras, caminhamos dia e noite por prados iluminados. Gritamos nos ouvidos de Nicolas o nome de Jesus, que ele conhece bem, mas não sabe pronunciar. Ele desfruta conosco de tudo o que vemos, pois seus lábios dão sinal de alegria enquanto ele acaricia nossos ombros. E assim eles não sofrem, pois Allys vela por Eustace, e nós, Alain e Denis, velamos por Nicolas.

Falavam que encontraríamos bichos-papões e lobos maus nos bosques. Não é verdade. Ninguém nos amedrontou; ninguém nos molestou. Os solitários e os enfermos vêm ver-nos, e as velhas acendem tochas para nós nas cabanas. Também para nós badalam os sinos das igrejas. Os camponeses deixam suas terras para nos observar. Os animais também nos olham, sem fugir. E desde que começamos a andar, o sol tornou-se mais quente e já não colhemos mais as mesmas flores. Mas todas as hastes deixam-se tecer nas mesmas formas, e nossas cruzes ainda estão intactas. Por isso, nossa esperança é imensa, e logo veremos o mar azul. E no fim do mar azul encontra-se Jerusalém. E o Senhor permitirá que todas as criancinhas venham ao seu sepulcro. E então as vozes brancas serão alegres em meio à noite.

RELATO DE FRANÇOIS LONGUEJOUE, ESCREVENTE

Hoje, décimo quinto dia do mês de setembro do ano de mil duzentos e doze da encarnação de Nosso Senhor, vieram à oficina de meu mestre Hugues Ferré várias crianças pedindo para atravessar o mar para ver o Santo Sepulcro. E, como o dito Ferré não possui número suficiente de embarcações no porto de Marselha, pediu-me para requisitar ao mestre Guillaume Porc os barcos necessários. Hugues Ferré e Guillaume Porc conduzirão os barcos à Terra Santa, por amor a Nosso Senhor Jesus Cristo. Há, no momento, mais de sete mil crianças espalhadas ao redor de Marselha, e algumas falam línguas bárbaras. Os senhores magistrados, temendo a fome e a indigência, reuniram-se e decidiram convocar nossos senhores a fim de exortá-los e suplicar-lhes que enviem os barcos o mais breve possível. O mar, nesta época, não é muito favorável por causa das tempestades dos equinócios, mas é preciso considerar que tamanha afluência de gentes pode ser perigosa à nossa cidade, ainda mais quando se trata de crianças famintas, que caminharam durante muito tempo e não sabem o que fazem. Reuni os marinheiros no porto e equipei os barcos. Antes do fim da tarde, poderemos colocá-los na água. A multidão de crianças não se encontra na cidade, mas elas percorrem a beira da praia, juntando conchas como lembranças da viagem, e dizem que se espantam com as estrelas-do--mar, pois pensam que são estrelas vivas que caíram do céu para indicar-lhes o caminho de Nosso Senhor. O que tenho a dizer sobre este evento extraordinário é o seguinte: primeiro, os mestres Hugues Ferré e Guillaume Porc devem conduzir rapidamente para fora de nossa cidade essa horda de estrangeiros; segundo, os mercadores sabem que a terra este ano está pobre, em decorrência do inverno rigoroso; terceiro, a Igreja não foi prevenida dos anseios desta horda que vem do Norte, e não tomará parte no desvario de um exército pueril (*turba infantium*). E convém louvar os mestres Hugues Ferré e Guillaume Porc, tanto pelo amor que dedicam à nossa estimada cidade quanto por sua submissão a Nosso Senhor, enviando embarcações e escoltando-as nesta época de mar agitado, além de correrem o risco de serem atacados por infiéis que pilham nosso mar navegando em falucas provenientes de Argel e de Bugia.

RELATO DO CALÂNDAR

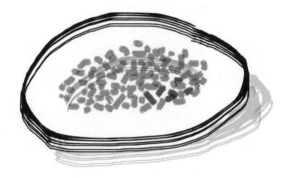

Glória a Deus! Louvado seja o Profeta que me permitiu ser pobre e vagar pelas cidades evocando o Senhor! Três vezes sejam benditos os santos companheiros de Maomé, que instituíram a ordem divina à qual pertenço! Pois sou parecido com ele, quando foi expulso a pedradas da cidade infame que não quero nomear, e depois se refugiou numa vinha onde um escravo cristão teve piedade dele, e ofereceu-lhe uvas e emocionou-se com as palavras de fé pronunciadas no declínio do dia. Deus é grande! Atravessei as cidades de Mossul, de Bagdá e de Bassora, e conheci Salah ed-Din (que Deus proteja sua alma) e seu irmão, o sultão Seif ed-Din, e contemplei o Grande Califa. Vivo muito bem com um pouco de arroz que mendigo e com a água que derramam na minha calabaça. Cultivo a pureza do meu corpo. Mas a maior pureza reside na alma. Está escrito que o Profeta, antes de sua missão, caiu no chão e adormeceu. E dois homens brancos apareceram, e um deles permaneceu à direita do seu corpo e o outro à esquerda. Este último cortou-lhe o peito com uma faca de ouro e arrancou-lhe o coração, de onde extraiu o sangue negro. O outro homem abriu-lhe o ventre com uma faca de ouro, arrancou-lhe as vísceras e purificou-as.

Depois colocaram as entranhas no lugar, e desde então o Profeta tornou-se puro e pôde anunciar a fé. É uma forma de pureza sobre-humana, que pertence principalmente aos seres angelicais. No entanto, as crianças também são puras. E foi essa pureza que a adivinha quis conceber ao divisar o halo ao redor da cabeça do pai de Maomé. Ela tentou se juntar a ele, mas o pai do Profeta uniu-se a Amina, sua mulher, e o halo desapareceu do seu rosto, e então a adivinha soube que Amina acabara de conceber um ser puro. Glória a Deus, que purifica! Sob o pórtico deste bazar posso repousar-me e saudar os transeuntes. Há ricos comerciantes de tecidos e de joias que permanecem de cócoras. E vejo um cafetã que deve custar uns mil dinares. Não preciso de dinheiro, pois sou livre como um cão. Glória a Deus! Agora, que descanso à sombra do átrio, lembro do início do meu discurso. Primeiro falo de Deus (não há outro Deus a não ser este) e de nosso Santo Profeta, que revelou a fé, origem de todos os pensamentos, sejam eles provenientes da boca dos homens, sejam traçados com a ajuda do cálamo. Em segundo lugar, evoco a pureza com a qual Deus dotou os santos e os anjos. Em terceiro lugar, faço uma reflexão sobre a pureza das crianças. E, com efeito, acabo de ver um grande número de crianças cristãs que foram compradas pelo Califa. Caminhavam ao longo da estrada, como um rebanho de carneiros. Dizem que elas vêm do Egito, e que os barcos dos francos as deixaram lá. Estavam possuídas pelo Demônio e tentavam atravessar o mar para alcançar Jerusalém. Glória a Deus. Não deixaram que se desse tamanha crueldade, pois essas crianças teriam morrido na estrada, sozinhas e sem víveres. São crianças totalmente inocentes. E, ao vê-las, atirei-me ao chão e bati com a cabeça na terra, louvando em voz alta o Senhor. Reparei que estavam vestidas de branco, com uma cruz costurada nas suas vestes. Não pareciam saber onde se encontravam, e tampouco pareciam aflitas. Mantinham os olhos fixos no horizonte. Notei que uma dessas crianças, cega, era guiada por uma menina. Muitas têm os cabelos ruivos e os olhos verdes. São francos que pertencem ao Imperador de Roma, e veneram enganosamente o profeta Jesus. O erro dessas pessoas é evidente. Primeiro, porque os livros e os milagres provam que não há outra palavra senão a de Maomé. Além disso, Deus nos permite glorificá-lo todos os dias, e ordena a seus fiéis que protejam nossa ordem.

Enfim, Ele não atribuiu o dom da clarividência a essas crianças que, tentadas por Iblis, partiram de um país longínquo, sem que Ele as advertisse dos perigos. E se as crianças não tivessem caído nas mãos dos Fiéis, seriam vítimas dos Adoradores do Fogo e acorrentadas em cavernas profundas. E estes malditos as teriam oferecido em sacrifício a seu ídolo devorador e detestável. Louvado seja nosso Deus, que é perfeito em todos os seus atos e protege até mesmo os que não Lhe são devotos. Deus é grande! Agora vou pedir minha porção de arroz na tenda deste ourives, e proclamar meu desprezo pelas riquezas. Se Deus quiser, todas essas crianças serão salvas pela fé.

RELATO
DA
PEQUENA
ALLYS

Não consigo mais andar direito, porque estamos num país de clima abrasador, para onde dois homens impiedosos nos trouxeram. A viagem, transcorrida num dia escuro e sob um céu relampejante, deixou-nos mareados. Mas meu pequeno Eustace não estava assustado porque não enxergava nada, e eu lhe segurava as duas mãos. Gosto muito dele, e é por sua causa que vim aqui. Não sei para onde vamos e já faz muito tempo que fomos embora. Os outros falavam-nos da cidade de Jerusalém, situada no fim do mar, e de Nosso Senhor, que estaria lá para nos receber. E Eustace conhecia bem Nosso Senhor Jesus Cristo, mas não sabia o que é Jerusalém, uma cidade e o mar. Fugiu para encontrar as vozes que o chamavam e que ele ouvia todas as noites. Ele as ouvia durante a noite por causa do silêncio, pois não sabia distinguir a noite do dia. E me fazia perguntas sobre essas vozes, mas eu nada podia dizer-lhe a respeito. Não sei nada, só sinto pena de Eustace. Caminhávamos ao lado de Nicolas, de Alain e de Denis, mas eles viajaram em outro barco, e todos os barcos já tinham zarpado quando o sol reapareceu. O que aconteceu com eles? Vamos encontrá-los novamente, quando estivermos perto de Nosso Senhor. Mas a cidade ainda está muito longe. Falam de um rei grandioso que nos fez vir até aqui, um rei que mantém em seu poder a cidade de Jerusalém. Nesta terra tudo é branco, as casas e as roupas são brancas, e o rosto das mulheres é coberto por um véu. O pobre Eustace se regozija quando lhe falo dessa brancura que ele não pode enxergar. Para ele, isso significa o fim de tudo. Nosso Senhor é branco. A pequena Allys está muito cansada, mas segura Eustace para que não caia no chão, e ela não tem tempo para pensar na fadiga. Esta noite vamos repousar, e Allys dormirá, como de costume, perto de Eustace, e se as vozes não nos abandonarem, ela tentará ouvi-las na noite clara. E, segurando as mãos de Eustace, ela o conduzirá até o fim branco da longa viagem para colocá-lo na presença do Senhor. E certamente o Senhor terá piedade da paciência de Eustace, e permitirá que Eustace o veja. E é possível, então, que Eustace veja a pequena Allys.

RELATO DO PAPA GREGÓRIO IX

Eis o mar devorador, que parece inocente e azul. Mar de ondulações suaves, orlado de branco como uma veste divina. É um céu aquoso povoado de astros cheios de vida. Medito o mar, neste trono formado de rochedos, para onde vim após ter deixado meu leito de palha. O mar situa-se realmente no meio das terras da cristandade. Ele acolhe a água sagrada em que o Anunciador lavou o pecado. Todos os santos debruçaram-se nas suas margens, que refletiram imagens transparentes e ondulantes. Misterioso horizonte de óleo sagrado, sem fluxo nem refluxo, berço de azul inserido no anel terrestre como uma joia fluida, eu te interrogo com meus olhos. Oh, mar Mediterrâneo, devolve minhas crianças! Por que as levaste contigo?

Não cheguei a conhecê-las, e minha velhice não foi acalentada por seu hálito fresco. Elas não se dirigiram a mim, suplicantes, com suas bocas entreabertas. Sozinhas, como pequenas nômades, dotadas de uma fé furiosa e cega, empreenderam uma caminhada rumo à Terra Prometida e desapareceram. Da Alemanha e de Flandres, da França, da Saboia e da Lombardia, vieram ao encontro de tuas pérfidas ondas, mar santo, murmurando palavras confusas de veneração.

Foram até a cidade de Marselha, e depois seguiram até Gênova. E tu as levaste nos barcos que navegaram sobre teu dorso imenso, saliente de espuma. E quando teu corpo se virou, estendeste-lhes teus braços esverdeados, conservando-as em teu poder. E traíste as outras crianças, entregando-as aos infiéis; agora elas suspiram nos palácios do Oriente, cativas dos adeptos de Maomé.

Outrora um orgulhoso rei da Ásia te açoitou e acorrentou.[7] Oh, mar Mediterrâneo! Quem te perdoará? Tua culpa me inspira tristeza. És tu e mais ninguém que eu acuso, mar de enganosa transparência, miragem maléfica do céu; eu te conclamo à justiça perante o trono do Todo-Poderoso, de quem dependem todas as coisas criadas. Mar consagrado, o que fizeste com as nossas crianças? Ergue para Ele teu rosto cerúleo; estende-Lhe teus dedos trêmulos e espumosos; revela teu riso infinito e purpúreo; faz do teu murmúrio uma voz, para que Ele se aperceba.

Tu nada dizes, e esta mudez e fruto de todas as tuas bocas brancas que vêm expirar na praia, junto a meus pés. No meu palácio de Roma, há uma pequena cela desluzida, que o tempo tornou pura como a alva. O pontífice Inocêncio ti-

---

[7] Em *Histórias*, livro VIII, Heródoto conta que Xerxes mandou construir uma ponte de navios sobre o estreito do Helesponto, a fim de fazer passar o exército persa em sua expedição de conquista da Grécia continental (480 a.C.); furioso ao vê-la dispersada e destruída pelas ondas de uma tempestade, Xerxes teria ordenado que seus soldados açoitassem o mar. [N.E.]

nha o hábito de retirar-se ali. Dizem que durante muito tempo ele pensou nas crianças e na sua fé, e que pediu um sinal do Senhor. Neste trono de rochedos ao ar livre, declaro que o próprio pontífice Inocêncio tinha uma fé de criança, e que sacudiu em vão seus cabelos cansados. Sou muito mais velho que Inocêncio; sou o mais idoso de todos os ministros que o Senhor elegeu na terra, e só agora começo a entender. Deus não se manifesta. Será que Ele assistiu a seu filho no Jardim das Oliveiras? Não o abandonou na sua angústia suprema? Oh, que loucura pueril evocar Sua ajuda! Todo mal e toda aflição só residem em nós. Ele confia plenamente na obra moldada por suas mãos. E tu traíste a confiança Dele. Mar divino, não te surpreendas com a minha linguagem. Todas as coisas são iguais perante o Senhor. A soberba razão dos homens, se comparada ao infinito, não vale mais que um pequeno olho raiado de um de teus animais. Deus atribui o mesmo valor ao grão de areia e ao imperador. O ouro envelhece na mina de um modo tão perfeito quanto o monge medita no monastério. As mais diversas regiões do mundo são culpadas quando não obedecem aos desígnios da bondade, que dependem Dele. E para os seus olhos não existem pedras, nem plantas, nem animais, nem homens, mas apenas criações. Vejo todas estas cabeças esbranquiçadas que saltitam nas tuas ondas e dissolvem-se nas tuas águas; elas despontam por um breve momento à luz do sol e podem ser condenadas ou eleitas. A extrema velhice instrui o orgulho e aclara a religião. Tenho tanta piedade desta conchinha de nácar quanto de mim mesmo.

Eis porque te acuso, mar devorador, que engoliu minhas criancinhas. Lembra-te do rei asiático que te castigou. Mas não se tratava de um rei centenário: não viveu muito tempo e não podia compreender as coisas do universo. Por isso, não te castigarei. Pois minha queixa e teu murmúrio viriam encontrar-se ao mesmo tempo junto aos pés do Todo-Poderoso, como o rumor das tuas águas vem morrer aos meus pés. Oh, mar Mediterrâneo! Eu te perdoo e te absolvo. Dou para ti a santíssima absolvição. Vá embora e não peques mais. Sou culpado, como tu, dos erros que ignoro. Com teus mil lábios gementes, tu te confessas inúmeras vezes na areia da praia; e eu, com meus lábios ressequidos, confesso-me a ti, mar imenso e sagrado. Nós nos confessamos um ao outro. Absolva-me e te absolvo. Retornemos à ignorância e à pureza. Assim seja.

O que vou fazer na terra? Haverá um monumento expiatório, um monumento para purificar a fé que se ignora. Os tempos vindouros, sem perder as esperanças, serão testemunhas da nossa devoção. Deus trouxe para si as crianças que participaram das cruzadas, graças ao santo pecado do mar; seres inocentes foram massacrados, e seus corpos encontrarão asilo. Sete barcos naufragaram no recife do Recluso: construirei a igreja dos Novos Inocentes nesta ilha, onde nomearei doze prebendeiros. E tu me devolverás os corpos de minhas crianças, mar inocente e consagrado; tu as levarás às praias da ilha; e os prebendeiros acomodarão os corpos nas criptas do templo; e acenderão com os óleos sagrados lâmpadas perpétuas, para mostrar aos viajantes devotos todos estes pequenos esqueletos brancos estendidos na noite.

SOBRE A COLEÇÃO
Fábula: do verbo latino *fari*, "falar", como a sugerir que a fabulação é extensão natural da fala e, assim, tão elementar, diversa e escapadiça quanto esta; donde também falatório, rumor, diz que diz, mas também enredo, trama completa do que se tem para contar (*acta est fabula*, diziam mais uma vez os latinos, para pôr fim a uma encenação teatral); "narração inventada e composta de sucessos que nem são verdadeiros, nem verossímeis, mas com curiosa novidade admiráveis", define o padre Bluteau em seu *Vocabulário português e latino*; história para a infância, fora da medida da verdade, mas também história de deuses, heróis, gigantes, grei desmedida por definição; história sobre animais, para boi dormir, mas mesmo então todo cuidado é pouco, pois há sempre um lobo escondido (*lupus in fabula*) e, na verdade, "é de ti que trata a fábula", como adverte Horácio; patranha, prodígio, patrimônio; conto de intenção moral, mentira deslavada ou quem sabe apenas "mentirada gentil do que me falta", suspira Mário de Andrade em "Louvação da tarde"; início, como quer Valéry ao dizer, em diapasão bíblico, que "no início era a fábula"; ou destino, como quer Cortázar ao insinuar, no *Jogo da amarelinha*, que "tudo é escritura, quer dizer, fábula"; fábula dos poetas, das crianças, dos antigos, mas também dos filósofos, como sabe o Descartes do *Discurso do método* ("uma fábula") ou o Descartes do retrato que lhe pinta J. B. Weenix em 1647, segurando um calhamaço onde se entrelê um espantoso *Mundus est fabula*; ficção, não ficção e assim infinitamente; prosa, poesia, pensamento.

PROJETO EDITORIAL Samuel Titan Jr. /
PROJETO GRÁFICO Raul Loureiro

Marcel Schwob por Félix Vallotton (1898)

SOBRE O AUTOR

23/08/1867
Mayer André Marcel Schwob nasce em Chaville, na região de Champagne, França. É filho de Isaac-Georges Schwob e de Mathilde Cahum. Por parte materna descende dos Cahum, e é quase uma lenda o fato de um parente ancestral, Caym de Sainte-Menehould, ter curado Jean de Joinville, atacado de cólera quando São João de Acre estava sitiada. Sobre esse episódio, Schwob escreveu: "Nossa maldição é sermos filhos de Cahum (Caym), mas é por isso que não somos imbecis". Isaac-Georges e Léon Cahum, tio de Marcel, exercerão uma influência sobre este. Ambos escreveram, em 1849, um *vaudeville* em dois atos, *Abdallah*, que nunca foi encenado nem publicado. Léon Cahum deixou um número considerável de livros: romances históricos, ensaios, tratados e, sobretudo, um texto intitulado "La vie juive" (*A vida judaica*), que discorre sobre a particularidade do judaísmo. Foi também diretor da Biblioteca Mazarine, em Paris, e nos momentos de folga lia histórias de corsários e rufiões, e escrevia romances históricos, cujos títulos (*Hassan, o Janízaro*, *As aventuras do Capitão Magon*, *A assassina*) poderiam servir aos contos narrados por Schwob no livro *Vies imaginaires* (*Vidas imaginárias*). O pai do escritor foi amigo de Gustave Flaubert e frequentou o círculo parnasiano. Trabalhou como inspetor numa companhia de seguros e depois viajou ao Egito, onde morou dez anos. De volta à França, instalou-se em Tours, pouco depois do nascimento de Marcel.

1870
O pai funda um jornal que luta pela Defesa Nacional, quando Paris é uma cidade sitiada. Nos anos seguintes, continua a trabalhar como jornalista.

1876
Isaac-Georges Schwob compra o jornal *Le Phare de la Loire* (*O farol do Loire*). Neste ano, a família muda-se para Nantes.

1882
Os pais o enviam a Paris, onde prosseguirá seus estudos. Na capital, mora com seu tio Léon Cahum, então diretor da Biblioteca Mazarine. No Liceu Louis-le-Grand, assiste aos cursos de Hatzfeld, de Boudhors, de Chabrier e de Burdeau (que inspiraria um dos personagens de *Les déracinés*, romance de Maurice Barrès).

1883
Frequenta a École Pratique des Hautes Études. No anuário da escola, lê-se: "Schwob, que parecia ter uma aptidão séria pela filologia, revisou e completou a colação de cinco diálogos de Luciano contidos no manuscrito grego 690 da Biblioteca Nacional, e que fora iniciado por Desrousseaux". Nessa época, ele envia a Mark Twain o texto "L'histoire fantastique de mes dents" ("A história fantástica de meus dentes"), um pastiche divertido do escritor americano. Começa a ler Schopenhauer com entusiasmo e a escrever um Fausto (cujo Mefistófeles é justamente Schopenhauer) e um Prometeu, mas abandona as duas obras. Depois passa a estudar sânscrito e esboça um romance de grande fôlego: *Poupa, Scéne de la vie latine* (*Poupa, cena da vida latina*), na linha de *Salammbô*, de Gustave Flaubert. Nos bancos da escola, Schwob afirma que "o liceu é uma prisão: os meninos são velhos e os velhos são tristes [...]. A vida nos escapa, vítima do embrutecimento rotineiro: o homem contemporâneo se especializa e se enferruja". Pierre Champion, no seu livro *Marcel Schwob et Son Temps* (*Marcel Schwob e sua época*), cita um fragmento de um relato composto pelo adolescente. O autorretrato intitula-se Narciso: "É preciso lhe dizer que, na minha juventude, eu me sujeitava a paixões bruscas, com uma violência às vezes lamentável, mas que desapareciam felizmente com a mesma rapidez. Li muito Apuleio, Petrônio, Catulo, Longino e Anacreonte; todas as mulheres me pareciam flores, e eu pensava ser sua borboleta. Meu prazer consistia em seguir na rua as mulheres elegantes, e em construir um romance sobre a postura de seus corpos, vistos de costas. Não ousava correr o risco de ver o rosto, com medo de um desapontamento". Até uma doença fatal acabar com a vida do escritor, sabe-se que este sempre manifestou uma grande curiosidade pelo erotismo; essa curiosidade, ao que tudo indica, não era exclusivamente livresca. Para Schwob, afirma o crítico Hubert Juin, a erudição não é a aquisição progressiva de um saber tranquilizador e útil, e sim uma aventura.

1885
Schwob apresenta-se como voluntário no 35º regimento de artilharia em Vannes, onde permanece dois anos. Essa experiência terá ressonância no seu livro *Coeur double* (Coração duplo). De volta a Paris, prepara-se para ingressar, sem êxito, na École Normale Supérieure. Escreve centenas de versos, contos, relatos e pensa em preparar sua licenciatura. Na Sorbonne, frequenta os cursos de Boutroux sobre Spinoza, Aristóteles, Descartes e, sobretudo, sobre a "noção de continuidade". Esboça uma dissertação na qual tenta provar que "toda continuidade deve encontrar-se no espaço e no tempo", e em cuja conclusão exaltará o êxtase, ou seja, "o estado em que a consciência, através da percepção imóvel de um único objeto, suprime o tempo e cria a eternidade intensiva". Tais trabalhos, apesar de inacabados, não foram inúteis na redação posterior dos grandes textos teóricos de Schwob.

1888
Conclui a licenciatura em Letras, destaca-se em primeiro lugar entre os quatorze alunos diplomados. Seus interesses intelectuais convergem para a filologia. Nesse ano, fica fascinado com o curso de Saussure na École Pratique, cujo tema é a fonética indo-europeia. Como autodidata, estuda o *argot* (a gíria e a língua falada pelos marginais), o alto alemão, o sânscrito e a paleografia grega. Pensou também em escrever um romance, *Mary Faint*, cuja ação, em homenagem a Júlio Verne, transcorreria no ano 2000. E se Júlio Verne é o autor preferido na infância de Schwob, Poe, Shakespeare e Whitman são os escritores que o fascinam no biênio 1888-89.

1889
Escreve e publica, em parceria com seu amigo Georges Guieysse, um "Étude sur l'argot français" ("Estudo sobre o *argot* francês"). Nesse mesmo ano, Guieysse se suicida com um tiro no coração. Schwob escreve: "Uma profunda tristeza toma conta de mim no momento da publicação deste pequeno estudo... Nós pensávamos abordar juntos, no futuro, a ciência do significado das palavras — a semântica".

1890

2 de abril: Schwob faz a conferência "François Villon et les Compagnons de la Coquille" ("François Villon e os companheiros da Concha") e publica uma parte do ensaio sobre "Le jargon des Coquillards" ("O jargão dos ladrões").[1] Neste ano começa a escrever artigos para dois jornais importantes: L'Écho de Paris e L'Événement. No primeiro, trabalham e colaboram Catulle Mendès, Jean Lorrain (que assina Restif de la Bretonne), Octave Mirbeau, Guy de Maupassant, Paul Bourget, Remy de Goncourt e Maurice Barrès.

1891

Publicação de Coeur double (Coração duplo), primeira obra de ficção de Marcel Schwob. O livro é dedicado a Robert Louis Stevenson, uma das duas maiores obsessões literárias do escritor, ao lado de François Villon.
Em abril, o jornal L'Écho de Paris inaugura um suplemento literário dirigido por Catulle Mendès e Schwob. O jornal promove um concurso mensal de literatura, do qual participou com êxito Alfred Jarry, com um texto que depois seria intitulado "La régularité de la châsse" ("A regularidade da caça"), incluído na coletânea Les minutes de sable mémorial (Os minutos de areia memorial). Estimulado por Schwob, Jarry publica Guignol, em março de 1893.

1892

Publicação, em 14 de agosto, no jornal L'Écho de Paris, do artigo intitulado L'Île de la liberté (Ilha da liberdade), a segunda parte de seu ensaio L'Anarchie (A anarquia). O artigo interessa a Jarry, e é provável que tenha exercido alguma influência em Ubu enchainé (Ubu acorrentado). Schwob estimula os escritores jovens ou inéditos, como Léon-Paul Fargue, Verlaine e Jules Renard, pedindo-lhes contos, artigos e poemas para serem publicados no suplemento literário do jornal L'Écho de Paris. Num outro periódico (L'Événement), passa a assinar uma coluna intitulada Les œuvres et les hommes (As obras e os homens), em que faz comentários sobre a vida e a obra de Anatole France, de Verlaine e de Rabelais.
Em novembro é publicado seu segundo livro de contos: Le Roi au masque d'or (O rei da máscara de ouro). A crítica o recebe calorosamente, e Anatole France, num artigo do jornal Temps, em 27 de novembro de 1892, escreve: "Os vinte e um contos que compõem este livro estranho e magnífico são todos dedicados a duas potências, antigas como o mundo, e que vão durar tanto quanto ele: o Terror e a Piedade". Anatole France conclui seu artigo afirmando que, após a publicação desse livro, Schwob "é o Príncipe do Terror". Os elogios vêm de toda parte, e numa carta endereçada a Schwob, Edmond de Goncourt escreve: "Você é o evocador mágico da antiguidade, da decadência e do fim de velhos mundos, misteriosamente perversos e macabros".

---

1 Coquillards: assim eram denominados os bandos de ladrões no século xv, porque usavam na gola da camisa uma concha (coquille), como os peregrinos.

1893

Em 7 de dezembro, morte de Louise, com quem Schwob teve uma misteriosa história de amor. Encontraram-se em 1891, e ninguém sabe exatamente como viveram. De Louise, além do nome, sabe-se que morreu provavelmente de tuberculose. Uns dizem que era uma operária, outros afirmam que não passava de uma prostituta, que levava uma vida desregrada e morava num aposento deplorável. Segundo Pierre Champion, Schwob teria queimado todas as cartas de Louise. No entanto, existe uma, datada de 7 de outubro de 1893, cujo manuscrito encontra-se na Brigham Young University. Alguns críticos comentam que há uma afinidade entre Monelle (personagem de um livro do escritor) e Louise. Uma outra afinidade, porém, é mais visível e tentadora: Monelle e Louise, juntas, nos levam a Monelise, que nos lembra Monalisa. As afinidades, como o sorriso, são ocultas e enigmáticas...

1894

Publicação do *Livre de Monelle* (*Livro de Monelle*). A crítica também o recebe com entusiasmo. Édouard Julia escreve ao autor: "A melhor recordação que você podia deixar à sua querida namorada é esta obra em que ela renascerá inteiramente". Maurice Maeterlinck, que já conhecia Schwob, publica um artigo no *Mercure de France*, em agosto de 1894: "Não posso mencionar tudo o que contém nestas páginas, as mais perfeitas que existem na nossa literatura, as mais simples e as mais religiosamente profundas que eu li, e que por algum sortilégio admirável parecem flutuar entre duas eternidades indecisas". No entanto, o elogio mais memorável vem de Mallarmé, que se declarou fascinado com o livro de Schwob, que de agora em diante será conhecido como o autor do *Livro de Monelle*.

1896

Publicação do primeiro volume de *La Guerre Commerciale* (*A guerra comercial*) e de *Spicilège* (*Espicilégio*), que reúne textos já publicados na imprensa, como "L'Île de la liberté" ("Ilha da liberdade"). Neste ano o escritor publica também dois livros importantes que confirmam sua extraordinária habilidade de contista: *Vies imaginaires* (*Vidas imaginárias*) e *La Croisade des enfants* (*A cruzada das crianças*). No longo prefácio do primeiro livro, discorre sobre as particularidades da arte e da ciência, e sobre o procedimento de um bom biógrafo, que ele compara a uma divindade inferior. Ao comentar as obras de diversos biógrafos que reconstruíram a vida de filósofos, escritores, cientistas e políticos ilustres, o autor fala de sua própria atividade de escritor, de um "biógrafo inventivo", capaz de transformar a vida de um homem (um poeta desconhecido, um pintor ilustre, um bandido) numa pequena obra literária em que a fronteira entre a documentação e a invenção desaparece no seio mesmo da escritura.

1903-1904

Publicação do segundo volume de *La Guerre Commerciale* (*A guerra comercial*) e de *La Lampe de Psyché* (*A lâmpada de Psique*).

1905

Morte de Marcel Schwob, em Paris.

—Milton Hatoum

SOBRE O TRADUTOR

Nascido em Manaus, em 1952, Milton Hatoum estudou arquitetura na Universidade de São Paulo. Depois de viver em Madri, Barcelona e Paris, ensinou literatura francesa na Universidade Federal do Amazonas e literatura brasileira na Universidade da Califórnia, em Berkeley. Em 1989, estreou como ficcionista com *Relato de um certo Oriente*, ao qual se seguiram os romances *Dois irmãos* (2000), *Cinzas do Norte* (2005), *A noite da espera* (2017) e *Pontos de fuga* (2019), além da novela *Órfãos do Eldorado* (2008), dos contos de *A cidade ilhada* (2009) e das crônicas de *Um solitário à espreita* (2013). Traduziu o ensaio de Edward Said sobre as *Representações do intelectual* (2017) e os *Três contos* de Gustave Flaubert (em colaboração com Samuel Titan Jr.), este último para a coleção Fábula.

SOBRE O ILUSTRADOR

Fidel Sclavo nasceu em Tacuarembó, no Uruguai, em 1960. Depois de estudar artes e viver em Montevidéu, Barcelona e Nova York, instalou-se em Buenos Aires, onde mora até hoje. Marcada pelo diálogo com a música e a literatura, sua obra plástica foi exposta em diversos museus e galerias na Argentina, nos Estados Unidos e na Europa. Como ilustrador, colaborou com muitas revistas, editoras e selos musicais, na Argentina e no exterior. No Brasil, teve dois de seus livros infantis publicados pela editora Vergara & Riba, *Os amigos imaginários* e *O que existe em você*; e ilustrou, para a coleção Fábula, o poema-ensaio *As estrelas*, de Eliot Weinberger.

CIP — Brasil. Catalogação-na-Fonte
(Sindicato Nacional dos Editores de Livros, RJ, Brasil)

Schwob, Marcel, 1867-1905
A cruzada das crianças / Marcel Schwob;
prólogo de Jorge Luis Borges; ilustrações de Fidel Sclavo;
tradução de Milton Hatoum — São Paulo: Editora 34,
2020 (1ª Edição).
72 p. (Coleção Fábula)

Tradução de: La croisade des enfants

ISBN 978-65-5525-036-7

1. Ficção francesa. I. Borges, Jorge Luis
(1899-1986). II. Sclavo, Fidel. III. Hatoum, Milton.
IV. Título. V. Série.

CDD—843

SOBRE ESTE LIVRO
A cruzada das crianças, São Paulo, Editora 34, 2020 TÍTULO ORIGINAL *La Croisade des enfants*, 1896. O prólogo de J. L. Borges foi publicado originalmente no volume *La cruzada de los niños* (Buenos Aires: La Perdiz, 1949) © 1995, 2011, María Kodama, used by permission of The Wylie Agency (UK) Limited TRADUÇÃO © Milton Hatoum, 2020 PREPARAÇÃO Rafaela Biff Cera REVISÃO Andressa Veronesi, Flávio Cintra do Amaral PROJETO GRÁFICO Raul Loureiro ESTA EDIÇÃO © Editora 34 Ltda., São Paulo; 1ª edição, 2020. A reprodução de qualquer folha deste livro é ilegal e configura apropriação indevida dos direitos intelectuais e patrimoniais do autor. A grafia foi atualizada segundo o Acordo Ortográfico da Língua Portuguesa de 1990, que entrou em vigor no Brasil em 2009.

Os editores agradecem a Claudio Aquati pela tradução dos trechos latinos.

TIPOLOGIA Dante PAPEL Pólen Bold 90 g/m² IMPRESSÃO Edições Loyola, em outubro de 2020 TIRAGEM 3 000

EDITORA 34
Editora 34 Ltda. Rua Hungria, 592
Jardim Europa CEP 01455-000
São Paulo — SP Brasil
TEL/FAX (11) 3811-6777
www.editora34.com.br